Primera edición: octubre 2025

Ilustradora representada por la agencia literaria Ute Körner

Valentín Beato, 21. 28037 Madrid
www.brunolibros.es

PAPEL DE FIBRA CERTIFICADA

ISBN: 978-84-696-4582-6
Depósito legal: M-16775-2025

Impreso en España – *Printed in Spain*

DRA. MONTSERRAT EROSTARBE PÉREZ
ILUSTRACIONES DE SUSANA SOTO

CUIDO MI MENTE

¡JUEGO SIN MÓVIL!

CÓMO APRENDER A DIVERTIRSE SIN PANTALLAS

Bruño

—¡Empiezan las vacaciones! ¡Vivan las vacaciones! —cantan a coro Dani y Maca.

Hoy, Dani y Maca se preparan para ir al mejor, al más excitante, sorprendente y arriesgado plan de verano.

Se irán unos días a la casa del pueblo de su tío Paco
y su tía Rita, mientras papá y mamá terminan de trabajar.

Estarán con Paco y Rita unos días, pero los niños no saben bien qué les espera.

—Portaos bien, chicos —les recuerda papá.

—¡Eso es! Y además, ¡pasadlo fenomenal! —añade mamá.

PORFIS, PORFIS, PORFIIIIIIIIIISSSSS.

El pueblo está en la sierra en medio de la montaña, rodeado de caminos por donde pasear y ríos que navegar.

En cambio, durante el viaje los niños no fantasean con las aventuras que les esperan, sino que, haciendo pucheros y con ojitos de cordero, no paran de pedir:

—Papáááááá, ¿nos prestas tu móvil?

¡Madre mía! A veces, Dani y Maca se ponen muy pesados porque solo piensan en el móvil. Y no solo en el móvil… ¡También en la tele!

Así que, nada más llegar, en vez de dar un beso o saludar, Maca pregunta:

—Tíaaaa…, ¿nos pones los capítulos que vimos ayer?

—¡De eso nada! —interrumpe Dani—. Yo quiero ver mi película favorita otra vez.

Los hermanos empiezan a discutir.

—Jo, ¡es que tu peli es superaburrida!

—Tía Ritaaaaa, ¡Maca me está chinchandooo!

DANI Y YO NOS QUEREMOS MUCHO, PERO A VECES DISCUTIMOS Y NOS PELEAMOS, Y DESPUÉS PAPÁ Y MAMÁ SE ENFADAN CON NOSOTROS.

¡Y TODO POR CULPA DE LA TELE O DEL MÓVIL!

Rita los escucha, pero no responde porque tararea una bonita canción mientras amasa una masa:

—Qué rica y sabrosa estaré, soy una pizza ¡y olé! —Mira a sus sobrinos y les propone—: ¡Necesito ayudantes que amasen sin guantes!

Pero Maca y Dani niegan con la cabeza.

—Es que queremos jugar con el móvil o ver una peli…

Mientras tanto, el tío Paco, que está en la piscina, les anima a bañarse:

—¡Venga, chicos! ¡Venid a daros un chapuzón!

—¡Espera, tío! Vemos un capítulo, o dos, o tres… Y luego vamos, ¿vale? —dice Maca mientras busca el mando de la tele.

—Tía Rita, ¿me prestas tu móvil? —vuelve a intentar Dani—. Porfis, porfis, porfiiiiiiiiiis.

El tío Paco se pone triste al escucharlos. Él estaba deseando pasar tiempo con sus sobrinos para poder jugar con ellos, pasear con ellos, investigar con ellos…

A VECES, CON NUESTRO COMPORTAMIENTO HACEMOS DAÑO A LAS PERSONAS QUE QUEREMOS Y ESO NO ESTÁ BIEN.

Hasta que de repente se oye:

¡¡BOOOOMBA
VAAAAA!!

—¡Qué susto! ¡¿Quién ha sido?! —se preguntan los niños.

¡Es Tadeo! El primo mayor de Maca y Dani, que es ya tan tan grande que hasta va a un lugar llamado «universidad».

—¡Hola, Tadeo! ¿Qué haces aquí? —le pregunta Dani.

—He venido a desconectar, a desenchufar.

¿«Desconectar»? ¿«Desenchufar»? Maca y Dani no entienden a qué se refiere… «Tadeo no será en realidad un robot, ¿verdad?», se susurran los hermanos al oído.

Tras el chapuzón, Tadeo se dirige a su habitación. Dani y Maca le acompañan y ven que Tadeo guarda su ordenador, su móvil y su tablet en un cajón.

—¡Se acabó! Me quedan unos días sin conexión —sonríe para sí Tadeo. Entonces se gira hacia los chicos—: ¿A que no sois capaces de estar sin pantallas hasta mañana?

TADEO PIENSA QUE ESTAR MUCHO
TIEMPO CON LAS PANTALLAS
NO ES BUENO PARA EL CEREBRO.

YO CREO QUE TIENE RAZÓN...
DESPUÉS DE MUCHO MÓVIL, ME DUELE
LA CABEZA Y ME PONGO DE MAL HUMOR.

Dani y Maca se miran y, como le gustan los retos, aceptan encantados:

—¡Por supuesto que somos capaces! —responde Dani.

—¡Genial! —dice Tadeo—. Pues juguemos a un juego de los de verdad: nada de pantallas ni de mundo virtual.

—¿Alguno sabe jugar a las cartas?

—Noooo... —dice Dani.

—¡Pues es muy fácil! Mirad, esto se llama «baraja»...

Poco a poco, los días van pasando. Al principio
a los hermanos les cuesta no pedir tanta pantalla.

Pero recuerdan el reto de Tadeo y, con esfuerzo, dejan de pensar en ellas y sus ansias por mirarlas se van pasando.

CADA DÍA QUE PASA, PIENSO MENOS EN EL MÓVIL. Y, EN REALIDAD... ¡ESTOY MUCHO MÁS FELIZ!

Ya no las necesitan; en realidad, ¡ahora se lo pasan mucho mejor! Y es que Tadeo y sus tíos les enseñan nuevos juegos ¡como el parchís o la petanca!

También suben y bajan la montaña, riegan el huerto… ¡y cocinan lasaña!

Por la noche, miran las estrellas.

CON EL MÓVIL O LA TELE, NO HABRÍAMOS HECHO TODAS ESTAS COSAS TAN CHULAS Y DIVERTIDAS. ADEMÁS, ¡LAS HACEMOS JUNTOS!

Se bañan en la charca, construyen una cabaña
y hacen amigos en la plaza.

Durante el viaje de vuelta a casa, Maca y Dani ya no piden el móvil a papá ni a mamá.

En cambio, proponen inventar sus propias adivinanzas, sus propios chistes y sus propios cuentos que recordar.

CUIDO MI MENTE

Orientaciones para los padres

¡Juego sin móvil! busca que los más pequeños de la casa inicien algunos cambios en el consumo de pantallas. Sin embargo, somos los adultos los que tenemos más posibilidad y capacidad para promover esos cambios que, a veces, empiezan primero en nosotros.

Es importante ejercer una crianza coherente. Es decir, intentar exigir a nuestros hijos aquello que enseñamos con nuestro ejemplo. Resultará difícil conseguir una autoridad creíble si nosotros mismos abusamos de las pantallas delante de ellos. Por eso es muy importante que nos autoobservemos. Para ello nos podemos hacer algunas preguntas: Cuando mi hijo me habla, ¿hago escucha activa o lo escucho a la vez que atiendo el móvil? Cuando llego a casa, ¿tengo el móvil en la mano? ¿Cojo el móvil nada más despertarme por las mañanas? Mientras tengo que esperar, ¿tiendo a usar el móvil? En los ratos en familia como puede ser la cena, ¿lo tengo visible y accesible?

Darnos cuenta de nuestro propio estilo de consumo nos va a ayudar a ejercer más autocontrol y a ser coherentes a la hora de imponer unas normas de consumo a nuestros hijos. Algunas ideas que nos pueden ayudar a conseguirlo son: silenciar notificaciones y chats tipo wasap, guardar el móvil en el bolsillo antes de entrar en casa, atender mensajes no urgentes cuando los niños ya estén dormidos o alejar físicamente las pantallas durante la comida, el ocio y las conversaciones familiares.

En cuanto a cómo orientar a nuestros hijos a un consumo saludable, debemos saber que normalmente las pantallas o aplicaciones interactivas tienen un sistema de recompensa (por ejemplo, conseguir puntos) que incrementa el deseo de volver usarlas. Por ello es preferible que no tengan acceso a este uso interactivo de las pantallas.

Del mismo modo, es conveniente que los niños no puedan coger los dispositivos sin control del adulto. Es decir, que seamos sus padres los que demos el permiso y el acceso al dispositivo siempre que lo consideremos y quienes seleccionemos el contenido de lo que van a ver. Para ello debemos custodiar nosotros los aparatos, el mando a distancia, etc.

También conviene regular la frecuencia y el tiempo de exposición a las pantallas; evitemos, por ejemplo, dárselas en momentos de espera. Si tendemos a consolar el malestar que puedan sentir nuestros hijos con pantallas (cuando estén aburridos o frustrados porque algo no les ha salido bien, o si se han hecho daño), pueden asociar que es la pantalla la que los calma, con la consecuencia de que deseen recurrir a ellas para regularse emocionalmente en futuras ocasiones.

Montserrat Erostarbe
Doctora en Psicología
Departamento de Neuropediatría
Clínica Universidad de Navarra